チュサンマとピウスツキとトミの物語 他

花崎皋平

未知谷
Publisher Michitani

目次

長篇物語詩 チュサンマとピウスツキとトミの物語　5

アイヌの人と文化の詩　81

あとがき　原田公久枝　147

謝辞　153

チュサンマとピウスツキとトミの物語　他

長篇物語詩

チュサンマとピウスツキとトミの物語

序　章　ブロニスワフ・ピウスツキ　7
第一章　チュサンマの物語　13
第二章　トミの物語　20
第三章　チュサンマとピウスツキ　33
第四章　トミの遊行　43
第五章　ニシパを恋して　53
第六章　日常　歌われていた歌　57
第七章　ピウスツキの書いたもの　採集した物語から　60
終　章　愛の行くえ　72
参照・引用文献　78

序章　ブロニスワフ・ピウスツキ

サハリン島
ユーラシア大陸に沿って　北から南へ細長く横たわる島
北極へ向かってかしらを向けた　カラフトマスのような姿
春秋には　大群の白鳥や雁が北へ南へ
えぞ松やとど松の森　シュシュ（柳）の平原
森には狐や貂や熊
冬　海が凍ると　トドのうなり声
アザラシが鼻の先を覗かせ
鉛色の黒雲が疾風に乗って飛び
雪が走り　海面を波立たせ

鯨の夫婦が並んで泳ぎ　潮を高くふきあげる

ここは　ロシア・ツアーリ帝国の流刑地だった
北部西海岸のアレクサンドロフスクに
二千人近くを収容できる流刑・懲役刑務所があり
木造バラック　雑居房　板の寝床　寝具なし
労役に従事したが　政治犯は
休みの時には　一人で街へ出かけてもよかったと
チエホフは書いている

ここに送られてきた　ピウスツキさんの話を聞こう
「私は　一八六六年　日本の暦で慶応二年に
当時ロシア帝国に併合されていたリトワニアで生まれました
明治維新の二年前です
サンクトペテルブルグの大学に入学して
法律を学び始めましたが

一八八七年　十九歳のとき
圧政を敷いていたロシア皇帝アレクサンドル三世の
暗殺未遂事件の一味として逮捕されました
正義と自由を求める若者でした
軽率さ　愚かさ　気の弱さから企てに連座したと
父への手紙に書いています
国事犯として懲役十五年の判決を受け
サハリン島に流刑されました
レーニンの兄アレクサンドル・ウリヤノフは
この事件の首謀者として処刑され　亡くなっています

私は　一八八七年六月　オデッサから輸送船で長い旅をし
日本海を経て　八月にサハリン島につきました
労役に従事しながらも　原住民ニヴフ（ギリヤーク）民族の
ニヴフ語とニヴフ文化に興味を持ち
ニヴフの少年インディンにロシア語を教え

識字学校の教師に育てました
しかし残念ながら　彼は肺結核に罹患し
一九〇三年に亡くなってしまいました

一八九六年　南サハリンのコルサコフ（大泊）に測候所設立のため派遣され
そこでアイヌ民族に出会い　アイヌ語を学び
アイヌ民族の民話や民謡を採集し始めました
一九〇二年　東海岸のアイヌ人集落アイ・コタン（栄浜村相原）の
コタン・コロ・ニシパ（村おさ）バフンケを知り
言語　文化　民俗の調査を始め
翌年　バフンケの姪チュサンマと相愛の関係に入りました
私は三十七歳　チュサンマは二十五歳
浜に流れ入る川のほとりで　一緒に暮らすようになり
九月に　アイヌの伝統にのっとって婚礼の式を挙げました
この年の冬　東海岸の二カ所で
アイヌにロシア語と算術、算盤を教える識字学校を開設します

そのころ親しい友となったアイヌ人に　千徳太郎治がいます
千徳太郎治は　日本人を父に　樺太アイヌを母として
ナイブチ（内淵）に生まれました
東海岸は　当時ロシア化されていましたが
一九〇五年　日露戦争の結果日本とロシアの間にポーツマス条約が結ばれ
日本領となった島の南半分には日本人が入植し
アイヌの日本人化が図られました
アニワ湾の沿岸一帯のアイヌは
北海道中部　石狩川べりの対雁《ついしかり》へ移住させられました

千徳太郎治は移住させられた一人でした
彼はそこで日本語の読み書きを身につけ
やがて樺太にもどってくることができました
私が特訓してロシア語を教え
一九〇三年の夏には調査の通訳として

働いてもらうことができるようになり
一九〇三年から四年の冬　ナイブチ（内淵）に開いた
アイヌ子弟のための識字学校では　千徳太郎治を助手に
私がロシア語を教えました

一九〇三年には、チュサンマと私の間に　男の子助造が生まれます
一九〇四年二月　日露戦争が勃発し
一九〇五年になると　戦争でのロシアの敗北が必至になり
サハリンへも日本軍がやってくる情勢で
ロシア語での識字教育はできなくなりました
六月に私は戦争の難を避けるために　一旦サハリンを離れ
ヴラジヴォストークに移っていました
そして九月に　妻子を連れにサハリンに戻ってきます
しかし　バフンケはチュサンマと息子を
異国に伴うことを許してくれませんでした
この年の十二月には娘キヨが生まれるのですが……

第一章　チュサンマの物語

私は　サハリン東海岸の村　アイ・コタン（相浜）で生まれ育ちました
アイ・コタン（相浜）は　鮭　鱒　鰊を獲りに外海へ出る船の湊
明治の中頃まで　樺太アイヌは　夏の家と冬の家と
二つの家を作って暮らしていました
冬の家は　トイチセ（土の家）
四尺（約一二〇センチ）ぐらい地面を掘り下げ　ゴザや毛皮を敷き
入り口に階段をつけて出入りし
夏の家は　浜に近いところに作り　屋根をえぞ松の皮で葺いた木造
主食は　鱒や鮭など魚　ほかに穀類　キトビロなど野草
フレップ（野いちご）　ヤマブドウ　シコロ（キハダ）や

オンコ（イチイ別名アララギ）など
十種類以上の木の実も食べていました
私たちの昔話の結びの言葉にあるように
「何が欲しいとも何が食べたいとも思わずに」
ゆったりと過ごす暮らしでした
でも　ロシア人や日本人には
貧しくて惨めな暮らしと映ったようでした

叔父のバフンケは　そこ相浜の
コタン・コロ・ニシパ（村おさ）をしていました
千徳太郎治アチャポ（おじ）が書いた　一九二九年発行の著書
『樺太アイヌ叢話』には
バフンケは「非常な交際家」であったため
和人　ロシア人　アイヌに信用があった
日本名を木村愛吉と名乗り
身の丈六尺五寸（一九七センチ）の巨漢

ロシア領時代は二カ所の漁場を経営し
ロシア人からも日本人からも尊敬され
「樺太廳長官平岡定太郎閣下を知らぬ者ありとも
木村愛吉氏を知らぬ人はない」と読売新聞の記者が書いており
太郎治アチャポは
「維新の豪傑西郷翁は斯く有らんかと思わしむるなり」と
たたえています
私は　バフンケの兄シレクアの娘

一九〇四（明治三七）年　日露が交戦した際
日本の軍艦二隻が相浜を砲撃しました
幸い人には被害が出ませんでしたが
私　チュサンマは　いま少し遅く家を出ていたら
砲弾の破片に当たって死ぬところでした
アイヌは　月の満ち欠け　雪のあるなし　虫の声　鳥のさえずり

花の咲く時期　動物の出没などで季節を知り
鳥の鳴き方で　風の向きを察知し
太陽が昇る時の色合いで　天候を予知します

夕方　浜に座った　白い髭のヘンキ（翁）が
トンコリを弾く
昔　地理を調べにやってきた日本人の旅人松浦武四郎が
宗谷の浜辺で　トンコリを奏でている老爺に
「なにを弾いているのですか」と問うと
「チカフのハウエ」（鳥の声）
鳥の声と語り合っていると答えています

やがて陽が沈み　ケタ（星）が瞬き出す
イラクサで織った　真っ白い厚司を着たヘンキ（翁）がつぶやく
「マハネ・ウクラン（女の空）」
満天の星空は　金や銀の砂を　撒きひろげたかのよう

見目麗しい女性の姿
雲がたなびけば　豊かなヒゲを持つ
「ピーネ・ウクラン」（男の空）
浜にたたずみ　空を眺め
魚や動物の動きに耳をすます

私たちにとっては　風は生き物
夜のあいだ　叫び声をあげ　走りまわっていた風の子に
朝になって母がたずねる
「どこでなにをしていたの」
「追いかけていたんだレプンカムイ（シャチ）を
からかっていたんだスナリ（狐）を
針のような松の葉のあいだを
くぐって　くぐって　遊んでいたんだ」
「さあ、ごはん食べて　ひと休みしなさい
お日さまが歌い出しているよ」

夕凪は　レラ　オマン　イペ（風が　夕食を取りに帰っている）
激しく吹く風は　風が怒って森を襲い　木々を打ち叩いている
木々が悲鳴をあげて泣き叫び
その折檻に耐えかねる弱いものは
風が襲いかかるたびに
大地にガバと身を伏せそれをやり過ごし
風が行き過ぎるとまた立ち上がる
座っている草へ風が襲いかかり
あぐらをかいている草の足首をつかんだまま
真っ黒な雲になって大空へ登って行く

私は　そういう話を彼に聞かせ
アイヌ語の字引を作ることを助け
「ねんねのシンタ（ゆりかご）が
ホーチプ　ホーチプ（降りてきた　降りてきた）

ホーチプ　ホーチプ（降りてきた　降りてきた）
それ漕げ　やれ漕げ」
と子守唄を教えたりしながら
誰もいない砂浜に座り　肩を抱き合い
愛の語らいを交わしたのです

第二章　トミの物語

私は　一九四〇年　クナシリ島　ルヤベツ村の浜辺で生まれ
五歳まで　島で暮らし
その後　対岸の根室標津の浜で育ちます
この両岸は　一七六八年にアイヌたちが
搾取と抑圧をほしいままにしていたシャモ（和人）と闘った
クナシリ・メナシの闘いの現地
首謀者と見なされた三十七人は
根室半島ノッカマップの浜で惨殺された
激しい風に吹きたわめられ　腰が曲がっている柏の木と
灰色の荒波に叩かれている岩場は

押し殺した声で
厳しい弾圧の記憶を伝えています
この地の闇は深いのです
以後メナシ・ウン・クル（東の人）は
ひっそりと目立たぬように暮らしてきました
父っちゃは腕のいいアイヌの漁師
私は七人兄妹の末っ子

日がな一日　浜で遊んでいました
磯では　ヒラメ　カニ　ホッキ貝　帆立貝
いろいろ採れました
活火山チャチャ岳の裾野では熊が歩いていました
五歳の時　日本が負け　ロシア軍がやってきて
住民は集められ　サハリンへ連行され　収容所に入れられました
やがて日本へ送還され
父の故郷の根室標津に住み着き

高校を終え　漁業組合に勤め　経理事務を身につけ
しばらくして姉をたよって札幌に出て　働き始めました

チュサンマさんと私は似ているといわれます
二〇一七年春
北海道ポーランド協会の主催の　ピウスツキを想起し　偲ぶ集いが
江別の民衆劇場「ども」で開かれ
小樽の詩人長屋のり子さんが自作の詩
「盲いたシンキンチョウ（チュサンマの別称）の悲歌」を朗誦しました
すばらしい朗誦でした

長屋さんが　ポーランドに残っていた
チュサンマさんの一枚の写真
帽子を深くかぶり　黒いショールで盲いた目をかくし
顔の下半分だけが見えている
悲しみに満ちた　だが凛とした姿を見て

トミさんにそっくりと

シヌエ（刺青）の有無に違いはあるが
似ている　頬の線　顎の形　唇や鼻梁
アイヌモシリの北辺の浜辺で育った村山トミに
渡されたのか　チュサンマから　なにかが

内に思いを秘めた強い眼差しを持ち
私は　一羽で　空を舞う鷲
チュサンマさんは　原野に咲く一本の静かな黒ユリ
長じて　ポーランド人と暮らす
私は　日本人の男に恋されて一緒に

私は　チュサンマさんとの出会いを夢に見ます
チュサンマさんも私も
生きとし生けるものに隔てなく心を通わせ

いのちを感じとり
自分をそこに浸しこんで　幼い時を過ごしました

一九六四年　私は札幌で働き始めていましたが
二月にアメリカの北ベトナム爆撃が始まり
世界各地で抗議行動が起こり
アイヌであることに目覚めつつあった私は
アジアの小さい国ベトナムが　世界の超大国アメリカを相手に
一歩も引かずに戦い　独立を得ようとしている姿に感動し
ベトナム人民の苦難に心を痛め
一九六六年十一月に北海道でも旗揚げされた
「ベトナムに平和を」札幌市民連合に加わりました
毎月の定例デモの　いつしか先頭に立って　笛を吹き　旗を振り
警察に目をつけられ　狙いうちで逮捕
三泊四日の留置を経験しました

でも私はめげませんでした
子どもの頃は　滅びゆくべき運命と決めつける人々の眼ざしを浴びて
アイヌであることに引け目を感じていましたが
一度目覚めたからには後には引けません

ベトナムの人々に出会い　はげまされ
自分の心の闇に光を当て
自分が育ったアイヌモシリ　北海道の地に根ざす
アイヌとしての生き方を切り開こうと心に決めました

ベトナム戦争が終わり　べ平連を解散するとき
札幌べ平連の仲間に向けて私が書いた文章。
「……べ平連があって、自分がそこに含み込まれてきた関係を、個の原理とは何か、と問い直すことによって、逆に自分の個を持ってべ平連とのかかわりを創り変えて行かないかぎり、本来の在り方に立ち戻れない。『私たち』をばらばらの個にもどし切って、もう一度集合した『私たち』であらねばならない。そう気がつくとことは簡単だった。べ平連の当初を思い出しさえすればよかったのだ。「したい人がする」。それだけでよかった。自分にとってしないではいられないような、したいこととは何か。だれがしたい人なのか。その人とどのようにして、どのくらいつながっていけるのか。札幌べ平連の仲間たちと、北電の伊達火力建設反対に取り組んでいた有珠へ行ったのは一九七一年四月八日だった。そこには、ベトナムの人たちを通して知った〈人間の生きる〉と重ね合わさる〈生きる〉を必死で守ろうとする人たちが住んでいた。だから私の心は片思い的に重ねあわさっていく。

真にベトナムを考えることは、この地、この足元から人間の生きる立場を築きあげていくことなのだと自分の生き方を問いなおすことでもあった。家の問題、自分と親、家族、家庭との関係、男との、男社会との関係が見え始めてくる。そこでなおも、〈自分が生きる〉を、身をもって知ろうとする時、女の置かれた地位、ことに解放され始めた感覚で男＝愛に向かったとき、女と男の関係性に目をこらさなければならなくなり、あらためてウーマン・リブの問題がつきささってくる。

ベトナム戦争が、単にベトナムの戦火が止むだけでよいというのではなく、それを見つめた人間の生き方に関わったとするならば、体が二つも三つもないことが自分の中に起こってくる諸々の問題に関わりきれないことの原因だったとしても、常にその痛みをかかえこむことになるだろう。そうした個々の事柄が排他的にならず一つの流れに合流することが出来たら、せめて個人の中でまじりあう形になったらと、思わないではいられない。身一つゆえに感ずる心の痛みを、それなりの自分の身で感じ続け、心に分業させず、それらすべてを自分の心に抱えこみ身いっぱいになり、みぐるしい部分が出てこようとも自然の心と身体を一緒にして全体的な〈生〉を生きてみたい。」

この文章は　当時の感覚と生き方を語る思想表現だった
こういう発言から導かれた活動の具体的な方向は
「新全総（新全国総合開発計画）」の勉強会であり
伊達火発建設反対の現地の人々を支援する運動へ
反戦運動から個の生き方へ
そして生き方としてウーマン・リブへ

新全国総合開発計画で北海道は国のエネルギー基地と位置付けられ
開発庁長官は　新聞で述べていた
「北海道は真っ白いキャンバスだ　自由に絵が描ける」と
その最初の絵が　伊達の石油火力発電所建設
一九七一年　海を守ろうとアイヌとシャモの漁師たちが立ち上がりました
現地有珠の浜には　古くからアイヌコタンがあり
松浦武四郎が『近世蝦夷人物誌』で
親のシリウトクを大切に介護する
サメモンとシュハッタという夫婦の姿を描いているところ
ジョン・バチラーさんの養女　バチェラー八重子さんが守った
キリスト教会がひっそりと今も残る

漁師たちの反対運動を支援しよう
北電前で座り込みをしよう
建設差し止め裁判を傍聴しようと
市民たち　学生たち　リブの女たち

ちょうどそのころ　べ平連運動の中で
彼と出会ったのです
べ平連のデモで　同じ時に逮捕されたのが縁
彼は北大の教員だったのですが
当時の　全共闘運動の学生たちに心を寄せ
大学に導入された機動隊に抵抗して捕まった学生の
裁判の特別弁護人をしていました
彼には家族があったのでしたが
私に恋し　一緒に暮らそうと強く求めました

そのころ　リブの女たち　べ平連の仲間たち
反戦青年委員会の労働者たちなどに
お産　子育て　暮らしの支え合いが生まれ
私と彼は　コピーサービスと和文タイプの仕事場兼事務所を作り
大都会の底辺での貧乏暮らしを始めました

原発建設のための電気料金値上げに反対して
旧料金払いを続けて電気を止められ
数ヶ月　電気のない生活を経験もしました
冷蔵庫　洗濯機が使えず
小さな石油ストーブと　ランプの暮らし
過激といえば過激でしたね

アイヌの友だちが増え　アイヌ語アイヌ文化を学び
毛深い《ヘアリー》アイヌを見に来いと勧誘する
観光会社の差別広告を糾弾する活動に加わり
糾弾の記録を本にする仕事を担いました

でも　一方ではいつも怯えていました
自分に自信がない
逃げよう逃げようとする
内にこもって沈黙してしまう

自分の立てる生のひびきを聞き取れない
神経が病んでいるかのよう
これも差別を受けてきた傷のせいなのかと

しかし　アイヌとしての自分を肯定できるようになるにつれ
もともとの　自分の意志を主張する気質が
前面に出るようになっていきました
仕事をやめてしばらく根室の病院に母を介護しに行っていた時
彼に出した手紙の中でこう書いています
「私は今こうしている時間を、私にとって無駄な時間だとは思えないのです。
そういう風に（無駄な時間に）しないで過ごせる過ごし方を私は知っています。
意志と運命の中で　私は自分に与えられた　自分が選んだ時間を　自分なりに自
分のものとして生きる生き方を身につけているような気がします。
自分の意志としてよりも　自分をそっち側に（対象としての側に）置いてみて
その自分がどうであるかというように見るというか、そうするのが一番真実であ
り実際であるように思うからです。」

彼女は　こうした自前の思想を編み出し
自分の中に　進む方向を指さす羅針盤を据えて
一人で歩むことを恐れない
野の花を愛で　ボーボワールや田中美津を読み
思う通りに人生を歩み
その生き方が
共に暮らした彼には
アイヌらしいアイヌ（アイヌ・ネノ・アン・アイヌ）だと映ったようです

第三章　チュサンマとピウスツキ

知里真志保さんは　樺太の白浜を訪ねた時　その地で有名な話
チュサンマとピウスツキの話を聞きました
チュサンマは　美人の多い樺太アイヌの中でもその美貌を謳われており
一方　若きピウスツキは　コタンの人から尊敬されており
チュサンマのピウスツキに対する敬愛は　愛情となり
「胸まで長い鬚を垂らした立派な人だったピウスツキと
村一番の美しいメロコポ（娘）だったチュサンマの恋は
寂しいコタンの話題だった」と
知里さんは「樺太アイヌの生活」の中で書いています

ピウスツキとの暮らしは
アイ川のほとりに　ささやかな小屋を建ててのものでした
父と母に反対されましたが　思いをつらぬきました
ピウスツキは　心の優しい人で
アイヌやニヴフの人たちから深く信頼されました
ピウスツキを知る相浜の人たちは　異口同音に　彼の人柄を褒めています
旅行作家ヤンタ＝ポウチンスキは
『樺太のポーランド人たち』（一九三六年）で書いています
「アイヌ人の言葉と慣習の謎を完璧に理解していた数少ない白人の一人
ポーランド独立の英雄ユゼフ・ピウスツキ元帥の兄
ブロニスラフ・ピウスツキ」と
「彼はこの善良で穏やかな人々と心で結ばれ彼らのために働いた
彼は今でもアイヌ人の記憶の中で愛情に包まれて生きている」
白川仁太郎「わしらにとっては良き友人であり　善良で気高い人でした
わしとわしの親戚に教育を施してくれました
可能な限り　すべての人を助けていました」

木村愛助「母親が彼に送ってきたものを　ピウスツキは
すべてわしらと分け合った
自分のことは一番あとだった
いつも他の人のことを考えていた
わしらには兄弟のようにいい人でした」

彼の研究『アイヌの言語と民俗説話の研究資料』と
カメラによる映像　蝋管蓄音機での　肉声の記録は　とても貴重です
知里真志保さんは　樺太の調査旅行で　採取した説話のアイヌ語を
この資料のアイヌ語と丹念に照らし合わせ
ピウスツキのテキストを補訂していたと
同行した樺太博物館の主事だった人が書いています

もう一つ　付け加えたい大事なことがあります
彼が　先住民族の自助自立自治を重視する
「樺太アイヌ統治規定草案」を起草し、知事に提出していることです

それは　自治の単位として
日本の村に当たる「郷」（ヴォロスチ）を設定し
その範囲内において　アイヌなど先住民が　自立して生業活動を行い
伝統文化が維持できる方策を立てるという提言をしています
しかしこの先住民族の権利と生活を保障する法案も
ロシアが日本に負け　サハリン・ロシア軍が　日本軍に降伏したため
実現する機会は失われました

一九世紀末のポーランドは
ロシア　プロイセン　オーストリアの三国に分割支配されておりました
一九〇五年　日露戦争でロシアが負けたため　分割支配は揺らぎ始め
独立を目指す革命運動が　繰り返し企てられていて
ピウスツキの弟ユゼフは　その先頭に立っていました
独立運動の発展を知り
一九〇五年六月　ピウスツキは　サハリンを去り祖国に向かいます
帰国に際して　私と息子を連れて行く許しを

バフンケ・エカシに願い出ましたが　許されず
一人　犬ぞりでアイ・コタンを発ち　北へ向かいました

北サハリンの農村に二ヶ月滞在したのち
一九〇五年六月　アムール川河口のニコライエフスクに到着します
同年初秋　日本占領下のサハリンを再び訪れ
私チュサンマと息子の助造に再会し
二人を祖国ポーランドへ連れて行きたいと　再度
バフンケに申し入れますが　強く拒否されて断念します
そして私に「きっと迎えに来るから」と約束し別れて行きました

一九〇六年　帰途に際して東京に滞在し
二葉亭四迷ほか大隈重信など要人や
人類学者の坪井正五郎　鳥居龍蔵などに会っています
二葉亭四迷は　その人となりをこうのべています
「アイヌ救済を一生の大責任と心得て、東京まで出て来た。所が、世間があまりに冷淡なので大いに憤慨して居たようだ……嚢中屢々空しという有様で、衣服などは粗末で、食物などは何をも選ばぬ。生命さえ継げば、それで充分だ、どうしてもアイヌの如き哀れむべき人種を保護しなければならぬと考えて居る」

彼が一九〇三年から一九〇五年までサハリンで行った調査の報告書『ピウスツキのサハリン紀行』（萩原眞子訳）には次のような記述があります

ロシアの博物館のために　生活用具や文化を示す作品を収集するよう依頼されていましたが、

「私はアイヌから受けはじめた親切や信頼を大事にしたので、私に対する彼らの信頼を台無しにするようなことはしなかった。それに、誠の同情を感じているあの人々を悲しませるようなことは私には辛かった」ので、墓標や頭骨を集めることをしなかった

ボウチンスキの『樺太のポーランド人たち』という本の中にピウスツキは「この善良で穏やかな人々と心で結ばれ彼らのために働いた。彼は今でもアイヌ人の記憶の中で

愛情に包まれて生きている」と書かれています

シャモの研究者どもよ
あなた方は　アイヌの人たちが悲しむからと
墓を掘りかえすのをやめたことがあったか
今も研究のためと称して
盗んだ遺骨を返すまいとしてさえしているではないか
ピウスツキのように
アイヌと真に友だちになった研究者がどこにいる

萩原眞子は解説で
「ピウスツキが民族学、言語学的研究の独りよがりの、狭隘な世界に閉じこもらず、政治的社会的な弱者の状況改善のために学校を建て、教師の育成を試み、また、行政的な改革の立案など、原住民社会の存続に腐心したことは、正しく革命家としての本領であり、ここにこそピウスツキの傑出した特質があるように思う」
と述べています

彼は革命家としての生き方をつらぬいたともいえますが
普通の人々と同じ心　同じ感じ方を持ちつつ
その人びとのために働く
心優しいヒューマニストだったのではないでしょうか
研究者　思想家　詩人たるもの
ヒューマニストであり革命家でありたいものです

一九〇五年の秋に　別れてから　私　チュサンマは
彼とはついに会えませんでした
「きっと迎えに来るから」という彼の言葉を信じていました
彼は　私を現地妻として捨てて帰ったのではありません
そんな人ではなかったと信じています
私は恋しさを胸に秘め　会える日を待ち焦がれ
涙が目を灼き　見る力を奪いました

遠い遠いポーランド
樺太との間には海があり　広大なシベリアのタイガ
モミやカラマツの大森林があり
その間をアンガラ河やエニセイ河が流れ
西へ進むと　やがてロシア人の心のふるさと
母なる河といわれるドン河
ある映画で　戦争から帰ってきた兵士たちを乗せた列車が
鉄橋に差し掛かると　歓呼する兵たちが軍帽を投げ
それが点々と流れてゆく場面がありました

ポーランドは　ウラル山脈を超え
さらに西へ歩かなければ辿り着けない遥かなところ
残された私は追っては行けず　ただ待つだけ
こんなにも近く感じるのに
海と大地が　私とあなたの間に横たわる

私は　親たちの心配　反対を押し切って
遠い異国から罪人として送られてきた彼を
愛してしまいました
なぜかはわかりません
ただ　心が命じたのです

第四章　トミの遊行

『方丈記』の冒頭はいう
〃ゆく河の流れは絶えずして、しかももとの水にあらず。よどみに浮かぶうたかたは、かつ消え、かつ結びて、久しくとどまりたるためしなし。世の中にある人と栖《すみか》と、またかくの如し〃

トミと彼とは転々と栖《すみか》を変えた
いまにも崩れそうなぼろ家　小さなアパート　郊外の貸家
仲間は　廃品回収業や野菜の引き売り業　飲み屋　印刷屋など
無認可保育所を　自分たちで作って子育て

貧しかったけれど　明るく元気だった
トミは　骨太ではあったが　体が弱かった
気管支炎　心臓疾患　子宮筋腫などに次々に襲われた
それもあって精神的に不安定　喜怒哀楽が激しかった
晩年　彼から離れる気持ちが強まり
春ごとに三年かけて
四国八十八箇所を遊行した
仏道信心の故ではなく　ひたすらの遊行だったようだ
それを終えて帰ってきたときには　別れの意志が定まっていた
一人暮らしをしばらく続け　この世から去っていった
誰にも　親しかった友だちにも　知らせるなと言い置いて

『方丈記』はまたいう
〃いとあはれなる事の侍りき、さりがたき妻《め》をとこ持ちたる者は、その思ひまさりてふかき者、必ず、さきだちて死ぬ。その故は、わが身を次にして、人をいたはしく思ふあいだに、稀稀《まれまれ》得たる食ひ物をも、かれに譲るによりてなり〃

トミのほうが　その思いまさりて深かったので
彼にさきだちて行ってしまったのかもしれない
トミは　民衆という名の実の　よく熟した一粒だった
芯を果肉で包み　固い殻で装った一粒
実を噛めば　ほのかな甘みとともに苦味が口に響く
シコロの実シケレペのように
高い枝に生っていて　もごうとしてもなかなかむずかしい
トミはシケレペニ（シケレペの木）であった

アイヌとして受け継いできた手の技はみごと
古い帯芯を利用して作った手提げカバン
その使い勝手のよさに　男は驚嘆した
コピーした書類の整理では　手早く和綴じの冊子に
和文タイプで　自費出版の版下
彼の母の中国女性詞《ツー》の本

詞《ツー》とは　楽曲に合わせて言葉をはめてゆく歌の詩
難漢字は　和文タイプにある字の扁と旁を分けて切りはり
巧みに作字した
読書好き　パチンコ好き　散歩好き
焼酎を愛し　飲んでは彼に絡んだ
彼が　活動仲間の若い女性たちと仲良く話したりすると
「好きなんでしょ」と嫉妬した

睦みあうのも好き
空沼岳に登り　人気ない沼のほとりでキャンプし
朝早く睦みあい　裸で泳いだ
札幌盤渓の崖の上で　晴れた空を眺めながら寝そべり
トミが母の介護で泊まり込んでいた病院の空き部屋に忍び込んで
中標津の広い牧場の牧草小屋に潜り込んで
ひなびた養老牛の温泉に浸って
生きる喜びを分かち合った

彼は　東京のサラリーマンの家庭育ち
本ばかり読んで過ごしてきた
彼女を恋したのは　なぜだったのか
出会いがしらだった
交通事故にあったようなものだった
運命としかいえない

男は　ウーマンリブの思想に揺すぶられ
男中心主義を振り捨て　生き直すつもりで
家事一切なんでもやろう
でも手のことは身につけてこなかった
トミに呆れられ　笑われた
トミの父っちゃはなんでも作ってくれた人
下駄もスキーも網をつくろう網針もこね鉢も
みんな父っちゃが作った

それが男だと思っていたのに

彼は何もかも捨てるつもり
日々に涙が張り付いていた
家から流れ出し　職を投げ
おのれの性にもだえ
家族をなげかせ
ドンホセが　故郷の娘ミカエラを振って
カルメンを追いかけてしまったように
ロマならぬアイヌの女を追いかけて

やめて帰れ
おまえの理性はどこに行ったのか
聞こえないふりして

彼には　トミは師匠でもあった

援漁に行った有珠の浜辺で学生たちと
夜空を仰いで　北斗七星はどこ
これか　あれかとさんざめき
「ちがうよ　こっちだよ」
その一言の　声の出し方に
「お前ら知らないのか」という調子を聞きとがめ
大学の教員だったものの声に混じる差別の感じを許さなかった

そのころは　ヘーゲルにマルクス
特に　マルクスの資本論のノート『経済学批判要綱』を
論理学的に分析する仕事
思想史として啓蒙時代のヘルダーを
その先　ロシアの近世哲学思想を論じようと考え
ロシア語を読めるようにしていた
研究は面白かった
しかしこのまま大学で　何事もなかったかのように

教授先生になっていいのか
理性の府という建前がきびしく問われた場で

生き直すなら　今が最後のチャンスだと思った
年月を経て　振り返れば
はるばるときたものだが　別の視野が開け
豊かな出会いに恵まれた

松浦武四郎の『近世蝦夷人物誌』に出会い
武四郎がアイヌの人物として
貧窮の者　障害を持つ者　長寿の者　踊り上手　ヒゲ自慢の者など
多彩な人物を
義勇　孝行の者と並べて称えるべき人物として取り上げている平等感覚を知り
同じ時期　田中正造の日記　書簡を読み
正造の　人と山林河海　鳥獣虫魚とを
平等なともがら　とみなす思想に同調した

地域に根を下ろそう
民衆運動を進めよう
フィリピンを皮切りに　タイ　香港　マレーシア　カンボジャなど
アジア各地の民衆運動を訪ね
北海道での世界先住民族会議の運営事務局に加わり
そのフォローアップで若い仲間と自由学校を創設
全国各地の市民・住民運動体との
「地域を開く」シンポジウム運動で　十年かけて
川崎　富山　金沢　名古屋　京都　米子　福岡　熊本　今治と経めぐった
一九九〇年の春には三ヶ月ほど沖縄の読谷村に
家を借り　人に会い　沖縄の歴史を学び
琉球民族とアイヌ民族の歴史・文化の資料集
『島々は花綵』を編纂した

一九九〇年以後　はっきりしてきた課題として

民衆の思想を学ぶこと
世界の先住民族の思想・文化を
とりわけアイヌの人たちの思想を
アイヌ語とアイヌ文化を

第五章　ニシパを恋して

私は彼をニシパ（だんなさん）と呼びならわしていました
ニシパが去ったのち　私は村にとどまり
二人の子どもを育てながら　暮らし
心はうつろで　喜びを失っていました
私はニシパから何か生きているしるしや
思い出の品が届くという考えをすてていませんでした

東京にしばらくとどまっていたときのニシパに宛てた
千徳太郎治アチャポの三通の手紙が残っています
珍しいことに　アイヌ語を　キリル文字（ロシア文字）で綴ったものです

手紙の内容は　村の人々の消息　日本人の支配　漁業権のことなど
村の日常が主ですが
私たちのことについても書かれています
バフンケが漁場を取られて窮状にあること
「あなたのマチ（妻）が少し具合を悪くしたが
女の子を産んで　早くあなたに会いたがっている」と

第二の手紙では　バフンケたちがつつがなく暮らしていること
「チュサンマには　男の子と女の子がいます　今は元気でいます
まだ再婚していません　ただあなただけを待っています」とあり

第三の手紙では
「今はこの村（コタン）のアイヌの人たちは病気もなく暮らしています
バフンケさんもあなたを待ち続けています
あなたの子ども二人はとても元気

男の子も女の子も　ニシパによく似ています
チュサンマは元気に暮らし
毎日　ニシパだけを待っています
私は本当にニシパにばかりお会いしたいと思っています
なんとかしてもう一度　来てくだされぱよいのですが
ニシパの子どもたちにも会ってやりなさい
あなたは妻と子を忘れてしまったのでしょうか
いったいなぜ　子どもをつくったメノコが
本当にかわいそうなことになったものでしょう
あなたは今どこにいるのでしょうか」

彼は　ヨーロッパに帰ったが
一九〇七年から幼馴染のマリア・ジャハノフスカと一緒に
スイスなど各地を転々としながら
政治活動　文筆活動に従事し
一九二二年には主著『アイヌの言語と民俗説話の研究資料』が出版されますが

第一次世界大戦中の政治運動の中で疲れ
心を病んだのでしょうか
一九一八年五月
パリのセーヌ川に投身して自死しました
樺太にチュサンマと子どもを残してきたことを悲しみ
また会うことを願っていたと思います

第六章　日常　歌われていた歌

恋の歌（ヤイカテカラ）

ヤイカテカラとは
ものに憑かれたようにぼやっとするというのが原義だと
知里真志保さんは書いています
恋の歌のことをそう呼んでいるのです
この歌は　樺太東海岸南部の伝承と記されています

「恋しい彼の人（オモイ　ネ　ノ　カイヌ）
いとしい彼の人とたのしい語らいをしたのに

恋しい彼の人
いとしい彼の人は　古里へ帰ってしまった
なんとかして
恋しい彼の人のあとを追って行きたい
なんとかして
草原を飛ぶ小鳥に身を変えて
村の上空を通り
海の上空を通り
飛んで行って
恋しい彼の人
いとしい彼の人の村へ着いて
恋しい彼の人
いとしい彼の人の顔を見て
たのしい語らいを
いろいろとしたならば
私の心も晴れようもの！」

あたかもチュサンマ自身が思いを
歌ったかのような歌です

第七章　ピウスツキの書いたもの　採集した物語から

ピウスツキが書いた『アイヌの言語と民俗説話の研究資料』（クラクフ、一九一二）は　英語の序文の後にアイヌ語の民話とその英語訳からなっています

その序文から

「私は他民族の人々と彼ら自身の言葉で話をすることに深い喜びを感じてきました。

人の生活にとって、その人の持って生まれた言葉は、太陽が有機体の生命に対して持つはたらき、すなわち、それを照らし、熱や感情を与え、それの秘密の場所を明かにするように促し、深部に隠されている宝ものを明るみに出すように仕向けるのです。ますます増してくる生活の困窮のために悩んでいるかれら、素朴な種類の種族の心に、よりよい未来への希望と何らかの慰めをもたらすことは、

常に私の喜びでありました。遊んでいる子供たちの屈託のない笑い、親切な女たちの眼に浮かぶ感動の涙、病む人の顔にかすかに現れる感謝のほほえみ、喜んだというしるしに善良な友だちが贈ってくれる、いいよ、という態度や肩を軽く叩くしわざ、それらは、私の人生のきびしさを慰めてくれる香り高い油でした。

のちになって、私はだんだん民族誌学の仕事に関心を抱くようになり、その資料を集めるという、よりはっきりした目的に向かいましたが、その時私は言語の知識が研究者にとっていかに重要な要素であるか確認しました。それなしには民族の物質的条件も十分に研究することはできないし、ましてや、その信仰、習慣、家族と民族の生活やその過去の状態と現在の願望を適切に研究することはできません。現地の言葉での会話によってだけ――他の、欠いてはならない性質のものがもちろんあると考えられますが――友だちとしての感覚がつちかわれ、対象「生きた人間」が見出され、研究の対象である「the Ainu」という問いへの答えを見つけ出す雰囲気が醸し出されるのです。そしてまた同じ仲間の人たちの「黙っていろ」という要求を押し切ったり、あるいは彼が言いたくないと思っている辛い傷に触れることができるのです。」

彼のこの態度を知って
同時代の日本人の研究者たちとの違いに愕然とします
日本人たちは　墓を暴いて骨を集めただけではありません
文字を持たないことを蔑み　女性のシヌエを野蛮な風習とみなし
文明に遅れて　やがて滅び行く土人と決めつけていました
ピウスツキのように　友だちとして遇し
喜怒哀楽を共にしようなどと考えた研究者はほとんどいませんでした
ピウスツキはニヴフとアイヌのために　個人で識字学校を試みてもいます
日本人の研究者たちが
インタヴューして話を聞かせてもらった相手を
その後も援助したり　友だちとして付き合ったりしている話は
今日でさえあまり聞きません
情報として話を搾取し　論文に書いて出世の具にしたらおしまいなのです
大事な友だちのアイヌの女性は
話さなかったことをほじくりだされ論文に書かれ
「告訴してやりたいと思った」と怒っていました

他の何人かからも
「研究者はもういやだ」
「おれはしゃべらないよ」という声を聞きました

ピウスツキが聞いて書き取ったサハリンアイヌのウチャシクマ（昔話）は
ウタリ（今はアイヌ）協会札幌支部のアイヌ語勉強会でテキストでした
その「鷲の夫婦に育てられた若者」の物語を紹介します
語り手は　ヌマル五十三歳　一九〇三年五月　採録場所トンナイチャ

「ある村の草原に私はいて
辺りを見回すと一本の大きなヤチダモの木があり
その上に二羽の鷲が巣を作っていた
お腹が空いて食べ物が欲しいと思っていると
お椀とお皿があり　お皿には食べ物が入っていたので　それを食べ
喉が渇いていたのでお椀の水を飲み
私は満足して眠った

毎日　雌の鷲が私に食べ物を運んできてくれ
二年たち三年たつうちに私は鷲が話す言葉がわかるようになった
ある日　雄の鷲がどこかへ行っていなくなった
何日か待っていると
ある日　その鷲が帰ってきて
雌の鷲と話しているのが聞こえた
「私たちは　毎日　食べ物を運び　この子を養い育てた」と

雄の鷲が妻に語るには
「私は海の中に島を見つけた
この島には高い山があり　島尻は岬になっており
岬を越える道が伸びていた
大きなヤチダモの木があり
その木の枝にとまって私が見ると
島の山の上にはとても高く　とても霊力のある
神の庭（カムイミンタラ）があった

この木の枝で夜を過ごし　明け方になると
天から　神々（カムイ・ウタラ）が遊びながら降りてきて
彼らの声が聞こえた
この庭（ミンタラ）は霊力が強い神たちが遊ぶところで
次には霊力の弱い神々が遊ぶ庭があった
神々は遊び終わると岬を越える道を去りながら
次々に歌を歌った
ユカラ（神の歌）を歌い　ウチャシクマ（昔話）を語り
ハウキ（英雄の話）　オイナ（神々の物語）
トゥイタック（おとぎ話）を語った
それが終わると神々は休み
日が昇った
この神々の遊びは面白かった
それから神々は天へ帰って行った
私はゆっくりと楽しんだので帰るのが遅くなったのだ
夫の鷲が妻の鷲にそう語った

私はそのヤチダモの木の下にいたので
私を育ててくれている鷲の夫婦が話す声がよく聞こえた
夜になって　私は育ててくれている鷲たちが
寝息を立てているのが聞こえたので
こっそりと身支度をして海辺に出て
森の近くの海岸を走って古い小さな舟を見つけ
舳先をつかんで海岸へ引っ張り　櫂を取り付け　海へ漕ぎ出した
暗い夜の中を　私の育ての鷲が行ったところへ行きたいと漕ぎ出したが
なかなか行き着けなかった
そのうちに前方に島が見えた
その島に上陸して見渡すと　私の育ての鷲が飛んで行った島だった
私を育てた鷲がそこで夜を過ごした木があった
その大きなヤチダモの木の枝が地面に落ち
葉が私の船を隠した
私もその下に姿を隠した

そうしていると天から神々が踊りながら降りてきた
とても霊力の強い神々が神の庭で楽しんだ
それから霊の力の弱い神々の庭で　その神々が遊んだ
遊びが終わると　神々は海へ突き出た岬に行く道を
歌を歌いながら去って行った
初めにユカラ　次にウチャシクマ　次にハウキ
次にオイナ　次にトゥイタック
それらが終わると朝が近く　神々は休んだ
私はそのそばにこっそり這って行って身を隠した
いちばん小さい女の神さまが　衣を脱いで石の間に隠した
私はその小さい神さまの衣を取って　体に纏った
そうするうちに神さまたちの休息は終わり空へ帰って行った
子どもの小さな神様が衣を着ようとやってきたけれど
私が体に纏っていたので着られなかった
私はその子どもの神さまをつかまえた

神さまたちが天に昇って行ったのちに
子どもの神さまを私の舟に乗せ　私の村へと漕ぎもどった
夕暮れのころから漕いで夜中に私の村に着いた
私を育てた鷲の夫婦は夜なので二人とも眠っていた
私は自分の茅葺の家にはいり　子どもの神さまを招じ入れた

次の日の夜明け　私を育てた鷲の夫婦の話し声が聞こえた
「私たちが育てた子ども　このルルパ村の子どもは立派に育った
私たちは何をしたらいいだろう
私たちが育てた子はもう大人になった
妻も持った
私たちはよろこんでコタンに帰ろう」
私の育ての鷲たちがヤチダモの木の上でそう話しているのが聞こえた

「このおまえのルルパ村（ルルプンコタン）は
おまえの先祖の村人たちがたくさん住んでいた

しかし悪い神がルルパ村を襲って
おまえだけが残ったのだ
ルルパ村は豊かで　神々にイナウを作って供えていた村
神々もよろこんでそれを受け取って　村は栄えていた
神々が一人残ったおまえを育てる相談をしたのだが
適当な神がいなかったので
鷲の首領である私と妻がおまえを育てることになった
今　神がおまえに妻を授けるのでお礼を言いなさい
このおまえの村ルルパは
おまえがイナウを作り　村を守る神にイナウを捧げ
神々を敬うならば　いつも守られるだろう」

だから鷲が育てた子どもの村ルルパでは
子どもがイナウを作ることが始まった
（また　歌謡（ユカラ）詞曲（ハウキ）昔話（ウチャシクマ）
神謡（オイナ）故事物語（トゥイタック）も

鷲が育てたルルパの子から語られることになった）

（注）原文はアイヌ語とその英語での逐語訳です

この物語詩に加えるために　表現を少し変えました

もう一つ　ピウスツキ採録の第十六話の一節を加えたい
これは少年と育ての祖父の物語で
祖父はアザラシを取って少年を養っていたが
いつも漁をする島では
アザラシがいなくなった
遠い別の島に　アザラシが群れていると察し
少年は祖父に無断で　その島を探しに出かけ上陸する
然しその島は精神の悪い半人半神が住んでいるところだった
少年を助けてくれる住民がいて
彼はその島から脱出する
祖父は少年がいなくなったので心配して浜に出て
祈りの言葉を唱えた

ここから一部を引用しよう

〝祖父の祈りの声が空に昇って行き
雲に触れ　虹（ラホチ）を作った
その祈りの声が　空から私の上に降ってきた
私は　その虹の下で　舟を漕ぎ
私が見ると　私のコタンが近く
祖父が浜辺で杖をついて雲に向かって顔を上げ
一心に祈っていた〟

この話を読んだのは　今から四十年近く前だったが
祈りの声が空に昇って虹を作り
孫の少年に降りてくるという
自然と交感するイメージが心を打ち
今も鮮明に覚えている

終章　愛の行くえ

チュサンマの晩年の写真
一九三一年　白浜にて　とある
チュサンマの生まれは一八七九年と推定されているから
当時五十二歳　日本の着物を着
頭にマタンプシ（幅広の鉢巻）を巻き　正面を向いて正座している
すでに老境のおもむき
盲いた顔は悲哀の感情をたたえている
もう一枚　一九三四年　戸口に立つ半身像の写真は
深く帽子をかぶり　目を隠し
悲しみをたたえ

どちらの写真も凛とした強さを漂わせている
トミは写真を撮らせない人だった
繊細で強情　その裏は
他人の無遠慮な侵入から自分を守る

愛した彼には　他の女性にふと気持ちを向けることを許さない
彼が　市民運動仲間の女性達と親しくするのを嫉妬し
不信感を抱いたら　即　身を引こう
彼はそんな彼女の不安定さに敏感ではなかった
大変なやつだなと思いつつ　芯のところで深く信じていた

彼の母の中国女性詞《ツー》の訳稿を自費出版の本にし
老いた母を深く愛してくれた
彼が一人暮らしになった母の介護をどうするか迷っていた時
「自分でやりなさいよ

フェミニズムがどうとかいってるんでしょ」と一声
彼は尻を叩かれて「じゃやるよ」
母の家に半分住み込みの暮らしを始めた

すると介護社会学が多くの介護者の経験として語るように
トミは　彼が住み込みの家事援助の女性と親しくすると難じ
「あなたと暮らすよりあなたの母と暮らしたい」と言い出した
彼は　母を北海道に連れてきて
トミと三人で暮らそうとした
しかし　九十五歳の母は
住みなれた自分の家を離れ
見知らぬ土地に来たことで体調を崩し
間もなく亡くなってしまった

トミの嘆きは尋常でなく　亡くなった母が寂しいだろうからと
それから一カ月ほどほとんど家から外へ出なくなった

やがて沖縄で友達になった障害のある人の介護と
経営する民宿を手伝って暮らし
その後　四国に遊行し　彼と別れる気持ちを固めていった

チュサンマもトミも　晩年は世に隠れ
孤独に　静かに　去っていった
トミは臨終の時　親しかった者たちにも
誰にも教えるなと言い残した
動物が死期をさとると
森の中深くへ消えて行くのと同じだった

流れ星　一瞬光って一瞬消える
冬の夜空に見えた　いのちの姿

女が男を愛したとき
男が女を愛した時

その愛は消えない
男が去り　女が残る
女が去り　男が残る
二人の間に生まれた愛は
二人を離れ　塵となってただよいだす
宇宙の空間を

ビッグバン以来の宇宙の塵は
いまもすべて真空の中を漂っているという
すべてが無　無がすべて
無といえば無
すべてといえばすべて
あるといえばあり
ないといえばない

チュサンマもトミも

無となって漂っている

宇宙では　無数の星々が生まれては　はじけ散っていながら
それを呑み込んで　空間は静まっている
塵になった愛たちが漂っているからなのだろうか

参照・引用文献

Bronisław Piłsudski, *Materials for study of the Ainu Language and Folklore*, Cracow, 1912

『ブロニスワフ・ピウスツキのサハリン民族誌――二十世紀初め前後のエンチウ、ニヴフ、ウィルタ』高倉浩樹監修、井上紘一訳編・解説、二〇一八年、東北大学東北アジア研究センター

「B・ピウスツキ――樺太アイヌの言語と民話についての研究資料」北海道ウタリ協会札幌支部アイヌ語勉強会訳、雑誌『創造の世界』46～84号

知里真志保著作集第1巻　説話・神謡編I、一九七三年、平凡社

知里真志保著作集第2巻　説話・神謡編II、一九七三年、平凡社

千徳太郎治著『樺太アイヌ叢話』復刻版、一九八〇年『アイヌ史資料集』第六巻　樺太編所収。

樺太アイヌ山邊安之助著、金田一京助編『あいぬ物語』一九八〇年『アイヌ史資料集』第六巻　樺太編所収。

「B・ピウスツキのサハリン紀行」萩原眞子訳、北海道立アイヌ文化研究センター研究紀要第6号、二〇〇〇年

萩原眞子（解説）丹菊逸治（翻刻、訳注）〈資料〉『千徳太郎治のピウスツキ宛書簡——「ニシパ」へのキリル文字の手紙』千葉大学、ユーラシア言語文化論集4、二〇〇一年

アレクサンデル・ヤンタ＝ボウチンスキ『樺太のポーランド人たち』佐光伸一訳、井上紘一・尾形芳秀注釈『「ポーランドのアイヌ研究者　ピウスツキの仕事　白老における記念碑の序幕に寄せて」』研究会報告集所収、二〇一三年

チエホフ著『サハリン島』

アイヌの人と文化の詩

アネサラ　シネ　ウプソロ　84
遠山のかあさん　87
サキフチの傘寿　91
フチの語り　94
恋ではないが愛ではある　98
秋の日高路　101
ユカラを吟じるあたらしい人　103
アイヌ語弁論大会イタカンロー　106
ユカラを聴く　109
アイヌ語地名の魅力　112
アイヌ料理　116

こころには森がある　120
オペラを夢見る　123
痛ましい——上西晴治を悼む　126
砂澤ビッキの仕事　130
セタカムイ　132
そんなことなんでもないよ　135
沈黙が帰ってきた　139
オホーツクの浜辺の墓へ　142

アネサラ　シネ　ウプソロ

アネサラ　シネ　ウプソロ
《あねちゃ　ひとつの　ふところ》
あなたたちが生まれ育ったところを
そう呼んで　母と娘が唄にうたい
その場所の霊をよみがえらせました

いまそこへ行けばむかし畑だったところも
みな競走馬を育てる牧場
ウタリの家もわずかになり
あなたたち母　娘　息子の家が肩を寄せ合っています

あなたたちがこの土地の来《こ》し方や土地の記憶を織り込んで
アネサラ　シネ　ウプソロ　とうたったので
そこは天の地図に書き込まれ
未来に生きる場所となりました

名づけることは
復活させること
死んだ人たちを生き返らせ
これから生まれてくる人たちにつなぎます

名づけることは
与えられた名の札をはずし
奪われた名をとりもどし
自分たちの言葉で　あたらしく名づけ直すこと

名づけることは

いのちの泉を掘り当てること
祝福しましょう　その名を

アネサラ　シネ　ウプソロ
うつくしいひびき
アネサラ　シネ　ウプソロ
とこしえに　流れる
清い水

遠山のかあさん

1

遠山サキフチ*　七十七歳
歳は三つしかちがわないのに　娘や孫にならって
かあさんと呼び慣れてしまった
日高のウララペツのほとり　ノブカに生まれ　アネチャで暮らし
祖母や母から　ウララペツのアイヌ文化を伝承し
娘、息子、孫娘たちに伝え、教えてきたフチ
三代　百年の家族作品展ができるまでになった
大好きなフチ

＊年をとった女性の敬称、媼

春のキトビロ摘み　コゴミ採り
秋には　山に深く分け入っての松茸さがし
春の小川のせせらぎを聞き　芽吹く草木の匂いに酔い
秋　目に綾な紅葉の谷　金の光が降り注ぎ
木の実や　きのこの芳しい香の中を歩く至福を
教えてくれたかあさん
大好きなフチ

今日は亡くなった夫　長吉さんの十七回忌
長吉さんは　畠でスズメバチに刺されて急死した
体の大きな　温厚な人だった
庭にイナウを立て　供物を捧げて　イチャルパ
葬式　三回忌　七回忌
息子たち　孫娘たちの結婚式
祭事のたびに　加わって　親しさを深めてきた

元気で長生きしてください
大好きなフチ

2

かあさんのでんわ
ワシだ
アレー　しんばらくだねえ
げんきだったかい
そうかそうか
ワシか　ワシはげんきでない
ほらみれ　せきがでるべ
もう死にそうだ
うそだ　エパタイ*
ユク*はうまかったか
ウシうった　ハハハ

*アホとか馬鹿とかという意味だが、間投詞としても使うようだ
*鹿肉

アチョコン*
しんばらく　かおみないな
かおみせにこい　アチョコン

*これも間投詞、合いの手に入れる

サキフチの傘寿

サキフチの傘寿のお祝いに浦河の姉茶《アネチャ》へ
数えの八十歳
ひとりよがりのシサムプリ*で
花を贈り　ケーキを予約し　清酒をたずさえ

お祝いを口実に　フチに会いたいのさ
恋ではないが　愛ではある
フチも甘える
背中を押してくれ
白菜を早漬けにしてくれ

*和人風

娘の夫の木彫りを　おみやげに買ったら
「わしにも　買ってくれ」
ちゃんと　ばくるものは考えてのこと
わたしは　フチの甘えがうれしい

心おきなくつきあえる　老いた者同士
海辺の占い師には　まわりに女がいっぱいいるといわれた
フチに　娘分の女たち　女友だちはいっぱいいるよ
でもフチは別格

自転車で「てっころんで」足を痛め
杖をついて　やっと歩いている
外が好きなのに　出られない
そこで　憎まれ口をきいて　うさばらし

でも嫁さんは　大口あけて　笑うだけ
文句にならない
そうさ　かあさんの憎まれ口は
空へ飛んでゆくのさ

エムシアツ*織りやキナ*編み　カイカ*して着物をつくる
手仕事は名人だけれど
フチは　フチなのさ
けっして商品にならない値打ちで光っている

*儀式用の太刀を下げる飾り帯
*ござ
*樹皮を裂いて織り糸にする糸紡ぎ

フチの語り

アイヌのフチ　サキさんの生きてきた歩みを
娘の恵子さんが聞き取っている
打てば響くやりとり
「向かいの原に大きなランコの木があったね」
「そうだ　その根本にキナスッカムイが住んでいてな
カムイだから　大事にしろよって」
聞き手が娘なので　お互いが知っている風景から
記憶が　湧き水のように流れ出てくる
研究者やプロのライターでは　こうはいかない

＊桂
＊蛇
＊アイヌの自然神

四〇年以上も　つきあってきた
研究はしない
聞き書もしない
関係を利用したくない
つきあいの端っこに加えてもらいたいと願って

耳を澄ましてきた
生きる場において奏でられる思想に
いのち自身のたてるひびきに
今　恵子さんの鉛筆書きの原稿を　パソコンに打ち込みながら
これでよかったな

子を産む
田んぼを作る
カイカし*　機を織る
山菜を摘む

*オヒョウの皮などを糸にすること

父さんは山子に出る
子供がストーブで火傷する

同じような毎日
でも　いつも少しずつちがう
草は育ち　川辺の景色も移る
人が育つのは　木の年輪がふえるのとおなじ
いろつや　しわ　こわね　地面へのかがみかた
そのひとつひとつが　その人を作ってゆく

山頂を目指し
息を切らせながら登るのではなく
日々の藪にかがみこみ
手をしなやかに動かし
人生を織り上げるさまに居合わせる
日常そのものが作品となる姿に

大好きなフチ
恋ではないが　愛ではある

恋ではないが愛ではある

長女のケイコさんが「肩を揉むかい」
「いいや　揉んでくれる人がいる」
ああ　そうかと　後ろにまわる
かあさんの肩　背中　肉が落ちたなあ

かあさん　かあさん
カイカ*して　キナ*編みして
イカラカラ*して　エムシアツ*を織って
はたらいて　はたらいて八十歳

＊糸撚り
＊草
＊刺繍
＊飾り刀下げ帯

もち米はうるかしてある
エハ*が少しある
にんじんも千切りにして入れろ
タコは刺身にすれ

息子　娘たちが集まって
宴もたけなわ
かあさんとエッちゃんがウポポ*を歌い出す
鶴の舞のウポポ　二人の掛け合い

少しずつずらしながら　声を合わせる
「エッコとでないと合わないんだ」
ゆるやかな唄が　煙のように　あたりを舞う
昔は　ここに火が燃えアペフチカムイ*がほほえんでいただろう

かあさん膝が痛いんだよね

＊土豆

＊座り唄

＊火の女神

腿は細くなって
足首も硬いね
コツソショウショウだってさ

若い頃のかあさんの
たわわなおっぱいにさわってみたかったな
太腿をもみほぐしながら
ちょっといたずら気分

だめ　だめ　かあさんなんだぞ
でも　仲良しなんだから添い寝ぐらいしたいなと
目を閉じて気持ちよさそうな顔をのぞく
恋ではないが愛ではある

秋の日高路

秋が深まり　日の光は弱まり
風は冷ややか
木々の葉は黄ばみ　ちぢれ
夕陽を浴びて　鈍色《にびいろ》に輝く

真歌の丘[1]でシャクシャインを記念するイチャルパ*
それが終わるとアイヌ民族芸能交流会
ウタリ協会の各支部ごとに歌い踊る
若い踊り手　若い歌い手が多くなったなあ

＊慰霊祭

浦河支部は八十になるサキフチが
張りのある声で歌の音頭取り
焼きアキアジとだしが効いておいしいオハウ*
サキフチの孫たちも来ている

やがて日は傾き
光はあたりを透きとおす
葉と葉はつないだ手を放し
一枚一枚のつつましい姿になり

木々は一日のうちでいちばん美しい表情を見せる
家路に向かうころ　雲は虹色に照り映え
すべての音は静まり
祈りの時がきたことを告げる

1　真歌の丘は静内町にあるアイヌの砦（チャシ）跡

*アイヌ料理の汁物

ユカラを吟じるあたらしい人

漆黒の布に　渦巻く波が白く踊る刺繍
幅広の黒い鉢巻きにも　白い縫い取り
小柄なあなたがステージに立つと
カムイの霊がただよいだす
アペフチカムイがそっと寄り添って
みちびきの火を灯す

手を前に組み
息を静め
ニシパウタラ（紳士がた）　カッケマツウタラ（淑女がた）

イカターイ（今日は）
つつしみ深く語り始め
あたりに沁み入るように語り継ぐ

祖母《フチ》の薄青い文様のある口から流れ出る唄　ヤイサマ*
懐に抱かれて聴いた語り　イソイタク*
カムイに祈り　食べ物を分かち合って暮らす
鳥にも　鹿や熊にも　フクロウにも　虫にも
アイヌと同じ心があるんだよ

この世に生きるものは　すべてカムイなんだからね
春の山に分け入るには　山のカムイたちにご挨拶するんだよ
春になると（パイカラ　アンコロ）
ヤチブキや（プイ　ウサ）
キトビロや（プクサ　ウサ）
フキノトウや（マカヨ　ウサ）

*即興歌
*物語する

アイヌ語が蓮の葉の上をころがる雫のように
透き通って響くと
アネチャの里山の　目に彩な春の饗宴が見えてくる
白や黄色や桃色の野草たちが見えてくる
いのちが萌えるときの
ふつふつとした気がみなぎる

大地から教えられた
人にとっての　人が人らしくある教えに
あなたは　とばりを開いて招き入れる
ユカラを吟じるあたらしい人
その誕生に立ち会い
アイヌイタク*の美酒に酔う

*アイヌ語

アイヌ語弁論大会イタカンロー

アイヌ語弁論大会イタカンロー
今年は千歳市で開かれた　もう二〇回になる
終日　アイヌ語のひびきにひたる
あどけない子どもから　白いひげのお年寄りまで
昔から伝わってきたユカラ　ウウエペケレ（昔話）
自分で作った作文など
多くは　空《そら》で言えるようにまなびおぼえたもの

私の知る大人たちの二世　三世が
年々上手になっている

遠山サキフチの孫　曽孫は　毎年の常連
発表が終わり　優秀者の表彰があり
審査委員長の総評になって
あれえー　びっくり

サキフチの長女　ケイコさんがアイヌ衣装も美々しくあらわれた
審査委員であることは知っていたが
委員長に推されたんですね
熱心にアイヌ語を学び　ユカラを演じる人

ニシパウタラ　カッケマツウタラ　イカターイ
ご参会の皆さま　こんにちは
とアイヌ語で挨拶
やわらかくやさしい声で語りだす
壇の上からではあるけれど　私も

みなさんとおなじ出演者仲間なのよという口ぶりで
みなの努力をたたえ　年々の向上をよろこび
最後の一つだけと
注文を述べて　総評を結んだ

昔　ケイコさんに　母のサキフチがいうのを聞いたことがある
「ユカラを演ずる時には　オリパク　カネ（つつしんで）しなさいよ」
ケイコさんの総評は　すべての出場者をあたたかく受けとめる
優雅なふるまいだった
母の教えの　オリパク　カネが生きていた

ユカラを聴く

幅広のマタンプシ* 黒のチンジリ*
小柄なあなたが
ハンチキキ　フシコトワノ　オカヤンケ

昔　あるところにと　ユカラを語りだす
ハンチキキ　ハンチキキ　とサケへを入れながら
カムイ・ユカラ「すずめの物語」

ハンチキキ　すずめのさえずり
ヒエやアワをついばんで集め

＊鉢巻
＊刺繍をした衣服

冬には若いウタリたちを集め
酒をかもして　カムイノミ　ハンチキキ
集まったカムイたちが　言い争いを始める　ハンチキキ
わたしが心で見ると

カケスのカムイを招き忘れ
怒ったカケスのカムイが
ウタリたちを争わせている

わたしは　カケスのカムイに謝って　招き入れ
口争いはおさまった　ハンチキキ
タプカラ*　リムセ*　と遊び華やかに酒宴は終わる

終わりは話し言葉で
アマメーエーポンチカプ　ヤイエーウカル　ハカイエ

＊男性が足を踏む踊り
＊踊り

すずめが自分で　語ったよ
ユカラの贈り物をたずさえて
あなたが　私たちの前に
その姿の「かろらかに[1]物し給へる
こころばへの　浅うはあらず思ひ知られ」
ピリカ　ケウトム　オリパク　カッケマツ
清い　心の　しとやかな　淑女

1　「かろらかに…」＝古語辞典用例より（源氏物語）

アイヌ語地名の魅力

アイヌ語地名は　土地の姿を示すだけではない
その地の歴史や習俗　言い伝えなどが名前の由来になっている
松浦武四郎は　蝦夷地　樺太を地図づくりに歩きまわった
川をさかのぼり　支流を一筋一筋たどった
野帳にはスケッチと地名が克明に記録されている

摩周湖のマ　シュウは　鍋　泳ぐ
摩周湖のまるい形を鍋と見立て
夕日が湖面をうつろうのを　鍋がただよう様子になぞらえた
摩周湖を鍋とは

土地の人に聞かなければ分からない

道東西別川の支流　シカルン　ナイは
上流にあたたかい水が湧き出る川
冬のあいだ　川は凍る
春になると　まっさきに氷が溶け
魚たちが集まる
冬ごもりのあいだ
春が来たら　あそこで魚をとろうと
思い続けながら　春を待つ
だから思い出す川　エシカルン　ナイ
エシカルンのエが落ちて　シカルン　ナイ

山田秀三の『アイヌ語地名の研究』では
マシュウもシカルンナイも　わからない地名
そうだろう　地形などさぐっても

日高の道をバスで走っているとき
毟舞《ケリマイ》という地名があった
なんだろう　難しい字をいまに残している
これは　ケリ　オマ　プ
松浦武四郎の『東蝦夷日誌』では
昔この地に城があり　合戦に負けて籠城し
糧食尽き　ケリまでも食したから　とある
ケリとは　鮭の皮で作った靴のこと

旭川の北　石狩川の上流　牛朱別川は
ウシシ　ペツ　（鹿の）蹄の跡が多い川　だが
その支流に米飯川と漢字をあてられた川がある
これはペ　ハン　飲む　水

わからない地名はたくさんある

ノカナン　あるいは　ヌカナン
野の花の南　野花南と　漢字化された
文字面《づら》はちょっと風流だが　意味のない当て字
アカン　阿寒　の意味もわかっていないそうだ

アイヌ語地名の和語名への変更は
行政の通達によってなされた
最初はロシアがせまってきたため
明治以後は内地化を徹底して
地域の団結心を強めるため
先住の民の文化は無視された

アイヌ料理

サキフチに
鹿のロース肉をもらった
ほんもののジビエ*

角切りにしてゆがき
イモ　たまねぎ　にんじんなどと
塩だけでコトコト

ポ・ト・フといえば　フランス料理だが
これはユク*・オハウ*だぞ

*狩猟で得た獲物（フランス語）

*鹿

やわらかく　暖かい味に仕上がった
さて今夜の二人のカッケマツのための献立は
ユク・オハウをメインに
ユクのロースト　エハごはん

イモシト*　帆立のソテー　プロバンス風
大根とツナのサラダ
ゆたかな食卓でしょ

エハはご存じ?
アイヌモシリに自生する土豆
つる草の根にできる

晩秋　草が黄色く枯れたら
土の中から掘る

*汁

*イモの澱粉餅

根気が要るね
アイヌの人たちの好む豆
アネチャの元浦河川のへりで
サキフチに教えてもらった

「エハ　エハ　チャッチャリケー」って
唄いながら
掘ったもんだと

わが家の庭で　そのつる草を育てた
昆布を敷き　帆立の貝柱をもどして加え
ご飯に炊き込んだ

ホクホクとした味
「うまいんだあ　エハご飯は」という

フチの言葉が聞こえてくる

こころには森がある

映画『シネ・ウプソロ（ひとつのふところ）』[1]で
サキフチとあなたが　オヒョウの木をさがして
日高の霧《ウララ》立つ川沿いの森を歩いている
森に入るときには御神酒《トノト》をそなえ　祈りをして
森のいのちを少し別けてくださいと許しを求め
立ち止まっては木の枝や葉をしらべ
オヒョウの木の皮をいただく

あなたに
『こころには森がある』[2]という絵本を送ろう

パシュラル先生という哲学者が見る夢
花や蝶や虫の夢
「わたしたちは　はてしない空からうまれた」
大小の青い粒で埋められた宇宙の絵
「わたしたちは　ひとつの大地からうまれた」
緑の大地　蜘蛛の巣　草花　手をつなぐ男女
とおいかなたへの思いをさそう絵本

フチの心には　カムイ岳までつづく森がある
娘のあなたの心にもきっと森があって
秋には落ち葉の下を探って
キノコを探しているでしょう
森からいただいてきた木の皮を煮て柔らかくし
ヌメリを洗って乾かし　裂いて寄り合わせ
糸にする　ゆっくりとした伝統のわざ
アイヌ語でカイカ

きっとパシュラル先生が
とおくから見ているでしょう
そしていうでしょう
「そうじゃ　そのように森とつきあうのじゃ」と

1　映画『シネ・ウプソロ（ひとつのふところ）』は、日高の浦河に住む遠山サキさんと息子、娘、孫、三代の、アイヌ文化伝承の活動を記録した映画。孫娘の木村多栄子さんが監督している。

2　『こころには森がある』は、絵本作家はらだたけひでさん作の絵本。

オペラを夢見る

ショスタコーヴィチのオペラ
「ムルマンスク郡のマクベス夫人」を視聴しながら
上西晴治の文学に思いを馳せる

十勝川の悠久の流れ
ウツナイ原野を走る風
カンカンビラに咲くりんどうの花

アキアジはめんこい相棒
川を上る秋には　つかまえてかぶりつく

それを密漁として禁じた和人への怒り

炉ぶちで　ユカラを吟じ　シノッチャに手拍子を入れ
季節の移ろいを　たのしんできたくらし
それが　悲歌に変わり

もがいて　もがいて　沈み込んでいく
だが　大地は　川は　雪は　海は
いつも彼らの暗黙の味方

オペラでは　村の商人の妻カテリーナ・イズマイロヴァが
流れ者に誘惑され　不倫の罪で二人ともシベリアへ流刑になる
道すがら　浮気な愛人は彼女を捨て
流刑囚の別の女に気を移す
カテリーナは　その女をシベリアの大河に突き落とし

みずからも渦の中に沈む

いつかアイヌの作曲家があらわれ
上西の作品をオペラにする時を　夢見る
熊を追って　共に崖から海に落ちる猟師や

雪解けの増水を待って
小屋ごと自分を流す媼
みんなでアキアジの密漁に励む部落

ムックリを吹いて　愛を告げ
テクンペ*を渡して　ちぎりを結ぶ女と男
そうした人びとが躍動する　力づよいオペラを夢見る

＊手甲

痛ましい——上西晴治を悼む[1]

あの巨きな人が　花もなく　絵もなく　本もなく
傷ついた森の動物さながら
白い倉庫に似た病室に横たわっていた

かつては地に根を張り　葉を茂らせた
楡の木のように　ぬっと立ち
雪でなくとも長靴で闊歩し
大きな顔　大きな眼　大きな手
そして　やわらかな声で語った

小説を書く苦しさを吐露し
編集者の　文学賞をねらえとの資質に合わぬ無理な要求に
なんとか答えようと睡眠時間を削っていた
いまは力なく病臥し　聞き取れないことばを発している

『コシャマインの末裔』で　源一は母のサトからいわれる
「隠し通せ」と
十勝川河口のコタンに生まれ
フチやエカシが囲炉裏を囲んで語る話を聞いて育ち
差別から逃れるために　シャモの社会にまぎれこもうとした源一

それは　あなたの分身だった
ポロヌイ峠を　馬そりで
「ホリャ　ケッパッテイケ」と駆け上がり
シャモの世界へと越えてきたあなた

東京の大学を出て　札幌で高校の教員になった
出自を語らない　ウタリの中の知識人
ねたみもあったろう
やがて文学を志し　勤めから帰宅後　夜明けまで
身を削って小説を書いた
『ポロヌイ峠』『原野の祭り』『トカプチの神子たち』
しかし　アイヌなのですかという問いに答えるのは拒んだ

父母の戒めに従い
アイヌであることから　いちどは逃れようとしたけれど
文学という回り道をして　よりいっそうアイヌらしいアイヌ
アイヌ　ネノ　アン　アイヌ[2]となる道にもどった

あなたは現代に生きるアイヌの怒りと悲しみを描いた
いまはもうやすむ時だ
でも痛ましい

横たわるあなたの姿を見るのは

1　上西晴治さんは二〇〇九年一一月に逝去。

2　「アイヌ　ネノ　アン　アイヌ」とは、アイヌ語で「人らしい人」という意味。立派なアイヌ=人をほめることば

砂澤ビッキの仕事

力強く断ち割る　躊躇のない斧のあと
穿たれたクレバス
そこは女の脛から腿へとさかのぼり　さぐりあてた奥所か
巨木の根っこから　あたたかい気が立ち昇る
聞こえてくるのは　木の腰が快感にうめく声か

肌に触れ　まわりをめぐり
ああ
と躰をゆらす姿を見る

削り込まれ横たえられた　森の霊が
つぶやく言葉は　断ち切られた痛みか
いのちを吹き込まれた喜びか
分厚い手が掘り出す　鋭い音がひびく

いつのころからかわからない
古い記憶が奏でられ
いのちがあらたにされて
つたわってくる
手のわざを加えられて

セタカムイ*

ある日　ふとやってきた
白い小柄な子ども
「ぼくがいっしょにいてあげるよ
面倒は掛けないからね
餌は自分でとってくる」

鳥を採ったり
どこかの家に吊してある干し魚を失敬したり
つながれるのはおことわり
狩りから帰ってくると　なにげない顔で

*アイヌ語の犬

寝そべっている

いないので名前を呼ぶと
すごいスピードで走ってくるが
迎える手に捕まる寸前で
身をひるがえして　走り去る

大人になって放浪の旅
半年も居なくなり
もう帰ってこないのかと思っていると
やせて　ひょろひょろになって
しばらくは寝てばかり

勝ち気で　とんでもない奴だったが
ここがおれの家だと思ってくれていた
冬は雪を掘って寝る

家に入れると暑がって
外へ出してと言う

娘が綱をつけて散歩しようとしたら
引き倒して走り去り
娘は泣きながら帰ってきた
でも甘えるときは
足に抱きついて放さない

昔　一人暮らしの年とったフチに
川からカムイチェップ*を獲って
いのちを養ってくれたセタカムイ
その血を引いていたのかもしれない

*鮭

そんなことなんでもないよ

下宿屋の二階四畳半
向き合っていた
「わたしアイヌなの」
「そんなことなんでもないよ」
よくも言えたものだ
無知ゆえの
気休めのせりふだった

彼女は怒った

「わたしがどんな思いで言ったか
あなたにはまったくわかっていない」
そのとおりだった
いったん口から出たことばを
出なかったことにすることはできない

このことばを一生背負い
ひたいに『差別者』という烙印を自分で捺して
歩かねばならなかった

鉛色のオホーツクの海浜で育った
風よけの　柏の木のように
烈風にたわめられて
陸へ向かって腰をかがめても
暗雲を吹きちぎり
折れはしない

弱い人　老いた人にはどこまでも優しかった
失ってその値打ちがわかった
仕事を終えると　深酒をくりかえした
からみ酒だった
鬱屈したものがあったのだ

いったんは赦したものの
忘れたわけではなかったろう
多年　いっしょに暮らしたすえに
去っていった
努力はしたが
変わりきれなかったおまえを
見極めたからではなかったか
いま一人で暮らさなければならないのは
罰ではないのか

ふと漢詩のひと節を思い出す
「風は蕭蕭として　易水寒く
壮士一たび去って　復た還らず」

刺客となって死地に赴いたのではないが
風は蕭蕭
世が世なら　女壮士になったかも
デモで逮捕され留置されても
スリの女親分と遊んでしまう肝っ玉の持主
振り返らずに去っていった
この世からも

沈黙が帰ってきた

恋の傷の　かさぶたが残っている
彼女は　尻尾で自分の足跡を消して
彼方へ去っていった

自分についての話には　すべて手前味噌がとけ込む
自分の襟首を　自分でつかんで
持ち上げることはできない

私があなたを傷つけた数は
あなたが私を傷つけた数より多い

でも　あなたは私を　より深く傷つけた

推し量ろうとしても及ばない
人は誰でも口から出たことばを吸いもどせない
毛穴からにじみでた汗を　引っ込めることができないように

宝石の指輪も　磨かれた爪も　指にはない
糸を通し　針を刺してきた手
その手のしなやかな舞いを思い出す
火打ち石を打って　火口《ほくち》に火はついた
でも　次第に弱くなって消えた
また打っても火はつかず　煙と匂いが残った

ひづめの跡を川べりに残し
風に気配をとどめ
立ち止まったことをかすかに知らせ

林のささやき　雨のつぶやきに
鳥のさえずりがまじり
不在の時がふりつもった

闇の中を小さな光がよぎり
雫が静寂を破って落ち
沈黙が帰ってきた

オホーツクの浜辺の墓へ

クッシャロ湖畔は霧深く
湖に下がってゆく草原に立つ　大きなエゾ松の枝が揺れている
すぼまったてっぺんと　地面に触りたいとのびている下枝
下枝が　ゆさゆさと鳴くと　てっぺんの葉が　なにかねと応えている
気温十四度　雨が落ちてきた
オホーツクの海辺までは車で二時間
裕福な漁師たちの　あたらしい立派な墓が建ち並んでいた
昔たずねたときには

祖先のアイヌの墓はちょっと盛り上がった土饅頭だった
片隅の　古びた　つつましい小さな一基に
小菊の花束　焼酎のワンカップを供え　線香を焚き
「ここにかえってきたんだね　たずねてきたよ」

秋には鮭が群れるけれど　花は　はまなすか黒百合ぐらい
腕のよい漁師だった父っちゃの呼ぶ声
遠つ祖《おや》のフチやエカシの語る声が聞こえて
こっちへ来たくなったのだろう

カムイと話ができる人だった
草にも木にも虫にも花にも
「おまえたち！」と声を掛け　ひそひそと話していた

クナシリ島の浜育ち

海水がくるぶしをなぶる浅瀬には　えび　かれい　さけ　ホタテ貝
日がな一日　浜で遊んでいた

うしろには　煙を噴いているチャチャ岳
山あいでは熊が歩いていた
敗戦の時は五歳
兄貴は酔うと片言のロシア語「ズドラーシチ」とか「1《アジン》　2《ドゥヴァ》　3《トゥリ》」
あなたたちはサハリンに抑留
帰国船で函館に下ろされ　標津の浜へ住み着いた

オホーツクの浜辺
野は　天に向かって突き抜けるさびしさで静もっていた
あなたはこの突き刺す風のなかで育ち　孤独を友にしてきたのか
あなたは一人で生きる強さを持った人だった
わがままな人だった　嫉妬深かった

そういう表面の裏側に　鋭い直観と洞察力がかくされていた

いま逢いたい　という歌が流れている
いま逢いたい　だけど　いま逢ったら
また言いあいになるだろうな

わたしたちは一瞬のふれあいと
くりかえす言い合い　語り合いで
火花を散らしあっていたっけ

ヨーロッパは共に旅したけれど
やがて一人で　四国巡礼　春ごとに三年
帰って来たときが別れのときだった

その人今ここに眠る
共に生ききれなかったことから

滲み出してくる痛みを抱え　あといくばく

あとがき

原田公久枝

ノンノさん（アイヌ語で〝花〟はノンノなので私は花崎皋平さんをノンノさんと呼んでいる）と初めて逢ったのは、二〇〇九年七月十五日（水）。その日はスーパーでのレジの仕事が休みの日で雨が降っていた。朝一〇時半からの北大での考古学の講座を聴講した後、北海道アイヌ協会で、アイヌ刺繍研究家の津田命子先生の部屋に行っていろいろ話して、北海道文学館でやっている企画展「語り、継ぐアイヌ口承文芸の世界」の招待券をもらって行くことにした。文学館に着いてぐるっと一周して興味のある知里真志保さんの〝とりのききなし〟をヘッドフォンで聞いていると、後ろでおっさんが待っている。（仕方ないな……）と今度は萱野茂さんと山田秀三さんと金田一京助さんの声をヘッドフォンで聞いていると、またまた後ろでおっさんが待っている。そんなことを二回程くり返したところで十七時の閉館時間が来て、そのおっさんを迎えに来たのが、さっぽろ自由学校「遊」で知り合っていた七尾寿子さんで、「あら、きくちゃん！　花崎さんはご存知？」と言われて、「ああ、さっきから人の後ろで待っていたおっさん？」というと、「先ほどからごめんなさい……」と申し訳なさそうにしていたのがノンノさんでした。

二人は十九時からの札幌フィルハーモニー交響楽団のコンサートまでの間、ホールの喫茶室でコーヒーを飲むというので、「では」と帰ろうとすると「ごちそうしますのでもう少しお話ししませんか」と言われ、「おごりなら行くに決まってるじゃん！」ということで話していると、ノンノさんが私に「花崎皋平」としか書いていない名刺をくれて、「どんだけ有名人なの？　もし今後連絡したくなったらどうするの？」と聞くと、「じゃあ、私、手紙を書くのが好きなので住所を書きますね……でも、沖縄の方とアイヌの方はあまり手紙を書かないからな……」というので、「なんでやねん！　わし手紙書くの大好きやっちゅうねん!!」と別れて帰ったその夜に手紙を書いて次の日出すとすぐに返事が来た。なのですぐにまた出すとすぐに返事がくるの繰り返しで、日記をやりとりしている状態になって、ほんの一年ぐらいで、もう十年ぐらい付き合っているぐらいお互いのいろんなことを知った。

その中でノンノさんから「あることをひとつ、つきつめて考えること、それが哲学、きくちゃんは自分がアイヌであるということをずっと考え続けているんだから哲学者だよー」と言われて、「いえーい！　哲学者仲間～♪」って喜んだけど、「哲学と詩を書くことは同じこと、哲学者には詩を書く者もいます」とも言われたが、私は詩のほうはさっぱり。今も月に何通かは手紙を出し合う。たまに私が忙しくて手紙を書かないでいるとノンノさんから「カンピ（アイヌ語で紙、つまり手紙のこと）来ないよ！」とハガキが来る。そして、花崎皋平ファンならびっくりするだろうが、ノンノさんは新しく詩を作ると私に手紙と一緒に送ってくれる。詩のほうはさっぱりな私だが、せっかく送ってくれるので感想めいたことを返事に書いたりしていたが、まさか詩集のあとがきを書く日が来るとは……

ところで、このあとがきを書いているのは誰？　と思われていると思うので、少し自分のことを書きます。生業は、ある機関紙の配布と集金で、今年五十一歳になります。十勝のアイヌの歌と踊りを世に広めるため、姉と幼なじみとその息子の四人で〝フンペ・シスターズ〟というユニットを組んでいて、イベントに呼ばれて歌ったり踊ったり、小中学校や大学なんかに呼ばれて講演したり、たまに雑誌や新聞に文章を書いたりしています。ちなみにフンペは日本語では〝鯨〟。

三人とも大きいのでその名前にしました。ノンノさんとは八年ちょっとの付き合いですが、その何倍も付き合っている気がする。ひとつは二人とも手紙好きってことで、もうひとつは二人とも食べること飲むことが大好きで、二、三ヶ月に一回は一緒に飲む。この前なんて私のいとこ姉さんと楽しく飲んで、「私の泊まっているホテルの部屋、ベッド二つあるから泊まりなさい!」っていわれてノンノさんと同じベッドで眠った。毎日をていねいに生きているノンノさんは、なんでも自分でやる。炊事、洗濯、雪かき、庭の手入れ、畑仕事、旬の野菜を買ってきて天ぷらにしてちょっと一杯。テーブルには庭にある草花を花瓶にさして、なんていう生活を手紙に書いてくる。そしてリビングのソファには今読んでいる本が何冊か置いてある。家の部屋という部屋が本だらけだけど今でも本を買って読んでいて、そして自分でも書く。たまに講演依頼があって、ちょっと東京へ、ちょっと大阪へ、と飛んで行く。少し前、台湾から帰ったばかりです、と電話が来ていた。(この「あとがき」かけた? というちょっとした催促の電話だったが)、全く元気で今年八十七歳とは思えない。

詩集のあとがきだから詩の感想も書きますね。「長篇物語詩　チュサンマとピウスツキとトミの物語」。長い長い。こんなに長いのってびっくりしたけど、これこそがノンノさんの集大成ともいうべき長篇詩！　チュサンマとピウスツキの悲恋に、トミさんと自身の闘いとも取れる恋愛話を重ねあわせ、そのなかに生半可では身につかないであろうアイヌ語の知識、アイヌの唄や語りの知識があり、松浦武四郎のこと、べ平連での活動、伊達火発建設反対運動からウーマン・リブへ、反開発地域運動へ、トミさんとのすごく貧乏で、でも、とても幸せな生活の話、知里真志保はピウスツキをどう書いていたのか、そしてピウスツキとシャモの研究者どもとのあまりにかけ離れた話、『方丈記』を引き合いに出しながらのトミさんとの赤裸々な日々の話、田中正造に出会い、自分の生き方を決めて行くまでの道程、自分の母親のこと、まあしかしよく書いたものだ！　ノンノさんのどこにこんな体力あるのかなと舌を巻く。長年書き続けているので、基礎体力が私たち一般人とは違うらしい。参照・引用文献を見れば、これを書くためにどれだけ本を読んだかがわかるだろう。しかも二〇一七年五月二十七日に江別の民衆劇場「ども」で、長屋のり子さんのチュサンマを歌った悲歌の朗唱を聞いて感動し、本を読み直し勉強して詩を書き終えるまで、たった八ヶ月ほどしか経っていないなんて！

その他のアイヌの人と文化を歌った詩では、愛する遠山のかあさんのことがやっぱりいちばん多いですね。わんこの話、砂澤ビッキや上西晴治のこと、アイヌ語地名やパシュラル先生のこと、そして、なんといってもトミさんの話が心に残ります。

私の大事な友人のノンノさんの詩を読んでみてください。

謝辞

まず、この物語詩を発想するきっかけを与えて下さった、長篇叙事詩『痛みのペンリウク――囚われのアイヌ人骨』の作者土橋好美さんと朗唱詩「盲いたシンキンチョウの悲歌」の作者長屋のり子さん、お二人の詩人に感謝します。
そして、史実について御教示くださった井上紘一さん（元北海道大学スラブ研究センター教授）ほか、文献表にあげた研究者の方々の学恩に感謝します。

著者

はなさき　こうへい

1931年　東京生まれ。
1964年から1971年まで、北海道大学文学部教員（西洋哲学）
以後、文筆業。
著書：『マルクスにおける科学と哲学』、「生きる場の哲学」、『静かな大地――松浦武四郎とアイヌ民族』、『田中正造と民衆思想の継承』、『アイデンティティと共生の哲学』、『天と地と人と――民衆思想の実践と思索の往還から』など。
詩集：『風のとおる道』、『いのちへの旅』など。
翻訳：カレル・コシーク『具体的なものの弁証法』、チャン・デュク・タオ『言語と意識の起原』他。
編著：『ヤポネシア弧は物語る　島々は花綵』

チュサンマとピウスツキとトミの物語《ものがたり》 他《ほか》

2018年5月10日初版印刷
2018年5月25日初版発行

著者　花崎皋平
発行者　飯島徹
発行所　未知谷
東京都千代田区神田猿楽町2丁目5-9　〒101-0064
Tel. 03-5281-3751 / Fax. 03-5281-3752
［振替］ 00130-4-653627
組版　柏木薫
印刷所　ディグ
製本所　難波製本

Publisher Michitani Co. Ltd., Tokyo
Printed in Japan
ISBN978-4-89642-553-6　C0092